FÜR MEINE MAMA

(die neben Deutsch, Französisch, Englisch, Spanisch und Italienisch auch fließend Kuscheltierisch spricht)

Joëlle Tourlonias

4. Auflage 2020

ISBN 978-3-219-11583-3

Umschlag- und Innenillustrationen: Joëlle Tourlonias
Druck und Bindung: optimal media GmbH, Röbel/Müritz

www.annettebetz.de

Michael Engler Joëlle Tourlonias

Elefantastisch

Auf nach Afrika!

annette betz

»Anton, ich gehe auf den Balkon«, ruft Mama.
»Kannst du das Paket im Flur bitte zu unseren Nachbarn nach oben bringen?«
»Klar«, murmelt Anton. Aber er hat nicht richtig zugehört.
Er malt gerade an einer Schatzkarte. Das ist jetzt viel wichtiger.
Denn die kann er irgendwann bestimmt mal gebrauchen.

Erst als die Schatzkarte fertig ist, fällt Anton wieder ein,
dass Mama ihm etwas zugerufen hat. Aber was?
»Mama?«, ruft er und läuft in den Flur.
Dort entdeckt er ein riesiges Paket.

»Ein Paket?«, denkt er. »Das ist bestimmt für mich!
Das war es also, was Mama gesagt hat.«
Anton hebt das Paket von der Kommode.

Es ist gar nicht schwer.
Was da wohl drin sein mag?

Das Klebeband ratscht, als Anton es abzieht. Das Packpapier raschelt und knistert. Vorsichtig greift Anton ins Paket.
»Ein Elefant!«, ruft er.
Im Karton liegt tatsächlich ein großer, grauer Stoffelefant.
So einen hat er sich schon lange gewünscht.
»Hallo«, sagt der Elefant. »Ich heiße Timbo.«

Ein sprechender Elefant! Anton kann sein Glück kaum fassen. Schnell holt er Limonade und Schokoladenkekse aus der Küche. Dann setzt er sich auf sein Bett und bittet Timbo, ihm von seinen Abenteuern in Afrika zu berichten.
Der Elefant schließt die Augen und beginnt.

Er erzählt von Savannen und Wüsten, so riesig, dass nur Elefanten sie durchqueren können.
Von Urwäldern, so dunkel und tief, dass nur Elefanten sich dort hineinwagen.
Vom schneebedeckten Kilimandscharo, den nur Elefanten besteigen können.
Vom Löwengebrüll in der Dämmerung, vor dem sich alle Tiere fürchten.
Nur Elefanten nicht.
Anton hört so gespannt zu, dass ihm der Atem stockt und er es kaum mehr aushält – er will auch endlich solche Abenteuer erleben.

Sie besteigen den Kilimandscharo.
Sie klettern und kraxeln und schnaufen.
Oh, wie luftig es hier ist!

Sie tanzen einen schnellen Regentanz.
Sie kreisen und hüpfen und springen.
Oh, wie lustig das ist!

Sie reisen zu den wilden Löwen.
Sie schleichen und huschen und pirschen.
Oh, wie spannend das ist!

Sie erforschen den dunklen Urwald.
Sie robben und schaukeln und kriechen.
Oh, wie elefantastisch das ist!

Da hört Anton plötzlich eine Stimme.
»Was machst du unterm Bett?«, fragt Mama.
»Ich spiele mit dem Elefanten aus dem Paket! Er kann sprechen«, sagt er.
»Oh, nein!«, seufzt Mama. »Das Paket habe ich für Luise angenommen.
Ich habe dich vorhin gebeten, es nach oben zu bringen.«
»Das kann nicht sein«, jammert Anton.
»Doch, leider! Komm, wir gehen gemeinsam zu ihr.«

GRRRR

Niemals war der Weg durchs Treppenhaus schwerer.
Anton presst Timbo fest an sich. Widerwillig folgt er seiner Mama und steigt von einer Stufe auf die nächste. Oben angekommen, drückt er auf die Klingel und hofft, dass niemand öffnet. Doch schon hört er Schritte und wenig später steht Luise vor ihm.
»Hallo«, sagt sie.
Bevor Anton etwas sagen kann, entdeckt Luise das Paket und das Stofftier in seinen Händen.
»Da ist ja endlich mein Geburtstagsgeschenk von Oma und Opa«, ruft sie und nimmt Anton den Elefanten ab.
Schnell dreht Anton sich um und rennt mit tränennassen Augen die Treppe hinunter.

Beim Abendessen ist Anton immer noch traurig.
Tränen tropfen auf sein Butterbrot.
»Lächle mal wieder«, sagt Mama aufmunternd.
»Es ist doch nur ein Stoffelefant.«
»Es ist nicht nur ein Stoffelefant! Er hat mit mir gesprochen!«, schnieft Anton.
Mama schüttelt den Kopf. »Aber Stofftiere können doch nicht ...«
Da klingelt es.

Kurze Zeit später kommt Luise in die Küche.
Im Arm hält sie Timbo. Sie geht zu Anton, hebt den Elefanten hoch und murmelt:
»Er sagt, dass er dich vermisst.«
Antons Herz macht einen Sprung. Er reißt Timbo an sich, so fest er nur kann.
Dann sieht er zu Luise und sagt: »Wenn du willst, kannst du dich ja
mit uns ins Abenteuer stürzen.«
Luise lächelt.